Un homme d'affaires

Honoré de Balzac

Writat

Cette édition parue en 2023

ISBN : 9789359253701

Publié par
Writat
email : info@writat.com

UN HOMME D'AFFAIRES

Le mot *lorette* est un euphémisme inventé pour décrire l'état d'un personnage, ou un personnage d'état, dont il est gênant de parler ; l' Académie française , dans sa modestie, ayant omis de fournir une définition par égard pour l'âge de ses quarante membres. Chaque fois qu'un mot nouveau vient remplacer une circonlocution lourde, sa fortune est assurée ; le mot *lorette* est passé dans le langage de toutes les classes de la société, même là où la lorette elle-même n'y entrera jamais. Il n'a été inventé qu'en 1840 et dérive sans aucun doute de l'agglomération de tels nids d'hirondelles autour de l'église Notre-Dame de Lorette. Ces informations sont réservées aux étymologues . Ces messieurs ne se trouveraient pas si souvent dans un dilemme si les écrivains médiévaux s'étaient seulement souciés des détails des mœurs contemporaines comme nous le faisons à notre époque d'analyse et de description.

Mlle. Turquet , ou Malaga, car elle est plus connue sous son pseudonyme (Voir *La fausse Maitresse* .), fut une des premières paroissiennes de cette charmante église. A l'époque à laquelle appartient cette histoire, cette demoiselle légère et vive se réjouissait de l'existence d'un notaire avec une épouse un peu trop sectaire, rigide et glaciale pour le bonheur domestique.

Or, il se trouva qu'un soir de Carnaval, Maître Cardot recevait des invités chez Mlle. Maison Turquet : Desroches l'avocat, Bixiou des caricatures, Lousteau le journaliste, Nathan et d'autres ; il est tout à fait inutile de donner une description plus détaillée de ces personnages, tous porteurs de noms illustres dans la *Comédie. Humaine* . Le jeune La Palférine , malgré son titre de comte et sa grande descendance, qui, hélas ! signifiant aussi une grande descente de fortune, avait honoré de sa présence le petit établissement du notaire.

Au dîner, dans une telle maison, on ne s'attend pas à rencontrer le bœuf patriarcal, la volaille maigre et la salade de la vie domestique et familiale, ni à tenter la conversation hypocrite des salons meublés de matrones très respectables. Quand, hélas ! la respectabilité sera-t-elle charmante ? Quand les femmes de la bonne société se porteront-elles d'accord pour montrer un peu moins d'épaules et plutôt plus d'esprit ou de gentillesse ? Marguerite Turquet , l'Aspasie du Cirque-Olympique, est une de ces personnalités franches et très vivantes à qui tout est pardonné, tant sont-elles pécheuses inconscientes, pénitentes si intelligentes ; On pourrait demander à des gens comme Malaga, comme Cardot , homme assez spirituel, quoique notaire, d'être bien « trompés ». Et pourtant il ne faut pas croire que des énormités aient été commises. Desroches et Cardot étaient de bons gars trop grisonnants dans le métier pour ne pas se sentir à l'aise avec Bixiou , Lousteau , Nathan et le jeune La Palférine . Et eux, de leur côté, avaient trop souvent eu recours à leurs conseillers juridiques, et les connaissaient trop bien pour tenter de les « faire sortir », en langage lorette.

La conversation, parfumée aux sept cigares, fut d'abord fantastique comme celle d'un enfant en liberté, mais elle finit par s'installer sur la stratégie de la guerre constante menée à Paris entre créanciers et débiteurs.

Or, si vous voulez bien rappeler l'histoire et les antécédents des invités, vous saurez que dans tout Paris, on ne pourrait guère trouver un groupe d'hommes plus expérimentés en cette matière ; les professionnels, d'une part, et les artistes, de l'autre, étaient en quelque sorte dans la situation de magistrats et de criminels qui côtoyaient. Une série de dessins de Bixiou illustrant la vie dans la prison pour dettes conduisit la conversation à prendre cette tournure particulière ; et des prisons pour débiteurs, ils s'endettèrent.

Il était minuit. Ils s'étaient brisés en petits nœuds autour de la table et devant le feu, et s'adonnaient à des jeux burlesques qui ne sont possibles ou compréhensibles qu'à Paris et dans cette région particulière qui est limitée par le faubourg Montmartre, la rue Chaussée d'Antin . , l'extrémité supérieure de la rue de Navarin et l'alignement des boulevards.

En dix minutes, on avait fini toutes les réflexions profondes, toutes les moralisations , petites et grandes, tous les mauvais jeux de mots faits sur un sujet déjà épuisé par Rabelais il y a trois cent cinquante ans. Ce n'est pas peu à leur honneur que le spectacle pyrotechnique ait été interrompu par un dernier pétard venu de Malaga.

« Tout va aux cordonniers », dit-elle. « J'ai quitté une modiste parce qu'elle a échoué deux fois avec mes chapeaux. La renarde est venue vingt-sept fois ici pour demander vingt francs. Elle ne savait pas qu'on n'a jamais vingt francs. On a mille francs, ou on envoie cinq cents chez son notaire ; mais vingt francs, je n'en ai jamais eu de ma vie. Ma cuisinière et ma femme de chambre ont peut-être tant de choses entre elles ; mais pour ma part, je n'ai que du crédit, et je le perdrais si je me mettais à emprunter de petites sommes. Si je demandais vingt francs, je n'aurais rien qui me distingue de mes collègues qui marchent sur le boulevard.

« La modiste est-elle payée ? demanda La Palférine .

"Oh, allez maintenant, tu deviens stupide?" dit-elle avec un clin d'œil. "Elle est venue ce matin pour la vingt-septième fois, c'est comme ça que j'en ai parlé."

"Qu'est-ce que tu as fait?" demanda Desroches .

« J'ai eu pitié d'elle et... j'ai commandé un petit chapeau que je viens d'inventer, d'une forme toute nouvelle. Si Mlle. Amanda y parvient, elle ne dira plus rien sur l'argent, sa fortune est faite.

« A mon avis, dit Desroches , les plus belles choses que j'ai vues dans un duel de ce genre donnent à ceux qui connaissent Paris un bien meilleur tableau de la ville que tous les portraits fantaisistes qu'ils peignent. Certains d'entre vous pensent que vous savez une chose ou deux, continua-t-il en jetant un coup d'œil à Nathan, Bixiou , La Palférine et Lousteau , mais le roi du terrain est un certain comte, maintenant occupé à se ranger. De son temps, il était censé être le plus intelligent, le plus adroit, le plus astucieux, le plus audacieux, le plus robuste, le plus subtil et le plus expérimenté de tous les pirates qui, équipés de belles manières, de gants de chevreau jaunes et de fiacres, ont jamais navigué ou navigueront jamais. sur les mers agitées de Paris. Il ne craint ni Dieu ni les hommes. Il applique dans la vie privée les principes qui guident le cabinet anglais. Jusqu'à son mariage, sa vie fut une guerre continuelle, comme celle de Lousteau , par exemple. J'étais et je suis toujours son avocat.

"Et la première lettre de son nom, c'est Maxime de Trailles ", dit La Palférine .

— D'ailleurs, il a payé tout le monde et n'a blessé personne, continua Desroches . « Mais comme le disait tout à l'heure votre ami Bixiou , c'est une violation de la liberté du sujet que d'être obligé de payer en mars, alors qu'on n'a pas envie de payer avant octobre. En vertu de cet article de son code particulier, Maxime considérait le stratagème d'un créancier pour le faire payer immédiatement comme une ruse d'escroc. Il y avait longtemps qu'il n'avait pas compris la signification de la lettre de change dans toutes ses incidences, directes et lointaines. Un jour, à ma place, un jeune homme appelait une lettre de change le « pont des ânes » à ses oreilles. « Non, dit-il, c'est le Pont des Soupirs ; c'est le chemin le plus court vers une exécution. En effet, sa connaissance du droit commercial était si complète, qu'un professionnel n'aurait rien pu lui apprendre. A cette époque , il n'avait rien, comme vous le savez. Sa voiture et ses chevaux étaient en état de marche ; il vivait dans la maison de son valet de chambre ; et, d'ailleurs, il sera un héros pour son valet de chambre jusqu'à la fin du chapitre, même après le mariage qu'il se propose de faire. Il appartenait à trois clubs et dînait dans l'un d'eux chaque fois qu'il ne dînait pas au restaurant. En règle générale, on le trouvait très rarement à sa propre adresse...

« Il m'a dit un jour, interrompit La Palférine , que ma seule affectation est de faire semblant d'habiter rue Pigalle. »

– Eh bien, reprit Desroches , c'était un des combattants ; et maintenant pour l'autre. Avez-vous plus ou moins entendu parler d'un certain Claparon ?

"J'avais des cheveux comme ça!" s'écria Bixiou en ébouriffant ses mèches jusqu'à ce qu'elles se dressent. Doué du même talent pour imiter les absurdités que le pianiste Chopin possède à un si haut degré, il se mit aussitôt à représenter le personnage avec une vérité saisissante.

« Il roule la tête comme ça quand il parle ; il était autrefois voyageur de commerce ; il a été toutes sortes de choses… »

— Eh bien, il est né pour voyager, car en ce moment, au moment où je vous parle, il est sur la mer en route vers l'Amérique, dit Desroches . "C'est sa seule chance, car selon toute probabilité, il sera condamné par défaut comme failli frauduleux à la prochaine session."

« Très en mer ! » s'écria Malaga.

« Pendant six ou sept ans, ce Claparon a fait office d'homme de paille, de patte de chat et de bouc émissaire auprès de deux de nos amis, du Tillet et Nucingen ; mais en 1829, son rôle était si connu que…

"Nos amis l'ont laissé tomber", a ajouté Bixiou .

«On l'a finalement abandonné à son sort, et il s'est vautré dans la fange», poursuit Desroches . – En 1833, il s'associa avec un certain Cérizet …

"Quoi! lui qui a si bien promu une société par actions que la Sixième Chambre a écourté sa carrière par quelques années de prison ? demanda la Lorette.

"Le même. Sous la Restauration, entre 1823 et 1827, l'occupation de Cérizet consistait d'abord à inscrire intrépidement son nom sur divers paragraphes, sur lesquels le procureur de la République s'attaquait avec avidité, puis à marcher en prison. À cette époque, un homme pouvait se faire un nom à peu de frais. Le parti libéral appelait son champion provincial « le courageux Cérizet » et, vers 1828, tant de zèle reçut sa récompense dans « l'intérêt général ».

« L'intérêt général est une sorte de couronne civique décernée aux méritants par la presse quotidienne. Cérizet tente de minimiser « l'intérêt général » qu'on lui porte. Il vint à Paris et, avec l'aide des capitalistes de l'opposition, commença comme courtier et mena dans une certaine mesure des opérations financières, le capital étant trouvé par un homme caché, un joueur habile qui se dépassa, et en conséquence, en juillet 1830, sa capitale sombra dans le naufrage du gouvernement.

"Oh! c'est lui que nous appelions le Système, s'écria Bixiou .

— Ne lui faites aucun mal, le pauvre garçon, protesta Malaga. " D'Estourny était un bon genre. "

« Vous imaginez le rôle qu'un homme ruiné était sûr de jouer en 1830, quand son nom politique était « le courageux Cérizet ». Il fut envoyé dans une petite sous-préfecture bien douillette. Malheureusement pour lui, c'est une chose d'être dans l'opposition : n'importe quel missile est assez bon pour être lancé, aussi longtemps que dure le vol ; mais c'en est une autre d'être au pouvoir. Trois mois plus tard, il fut obligé de présenter sa démission. Ne s'était-il pas mis en tête de tenter de gagner en popularité ? Cependant, comme il n'avait encore rien fait pour mettre en péril son titre de « courageux Cérizet », le gouvernement lui proposa en compensation de diriger un journal ; nominalement un journal d'opposition, mais ministériel *in petto* . La chute de cette noble nature était donc en réalité due au gouvernement. Pour Cérizet , directeur du journal, il était un peu trop évident qu'il était comme un oiseau perché sur une branche pourrie ; et c'est alors qu'il a promu cette jolie petite société par actions, et a ainsi obtenu quelques années de prison ; il a été attrapé, tandis que des escrocs plus ingénieux ont réussi à attraper le public.

« Nous connaissons les plus ingénieux, dit Bixiou ; « Ne disons pas de mal de ce pauvre garçon ; il a été arrêté; Couture leur laissa serrer sa caisse ; qui aurait jamais pensé cela à lui ?

« En tout cas, Cérizet était un homme bas, très abîmé par la basse débauche. Passons maintenant au duel dont j'ai parlé. Jamais deux commerçants de la pire espèce, avec les pires manières, le plus bas couple de scélérats imaginables, ne se sont associés dans une affaire plus sale. Leur fonds de commerce consistait en l'idiome particulier des citadins, l'audace de la pauvreté, la ruse qui vient de l'expérience et une connaissance particulière des capitalistes parisiens, de leur origine, de leurs relations, de leurs connaissances et de leur valeur intrinsèque. Cette association de deux « barboteurs » (laissons passer le terme boursier, car c'est le seul mot qui les qualifie), cette association de barboteurs n'a pas duré très longtemps. Ils se battaient comme des chiens affamés pour chaque déchet.

« Les premières spéculations de la maison Cérizet et Claparon étaient pourtant bien planifiées. Les deux coquins s'associèrent à Barbet, Chaboisseau , Samanon et usuriers de cette trempe, et rachetèrent des dettes désespérément impayées.

« L'établissement de Claparon était alors un petit entresol de la rue Chabannais : cinq chambres pour un loyer de sept cents francs au plus. Chaque associé dormait dans un petit cabinet, si soigneusement fermé par prudence, que mon chef de bureau ne pouvait jamais y entrer. Le mobilier des trois autres pièces, une antichambre, une salle d'attente et un bureau particulier, n'aurait pas coûté au total trois cents francs en saisie-arrêt. Vous connaissez assez Paris pour en connaître l'aspect ; les chaises rembourrées recouvertes de crin, une table recouverte d'un drap vert, une pendule de trompette entre deux bougeoirs, ternie sous les abat-jour en verre, le petit miroir au cadre doré au-dessus de la cheminée et dans la grille un bâton carbonisé ou deux de bois de chauffage qui leur avait servi pendant deux hivers, comme le disait mon chef de bureau. Quant au bureau, vous devinez à quoi il ressemblait : plus de dossiers de lettres que de lettres d'affaires, un ensemble de casiers communs pour chaque partenaire, un bureau cylindrique, vide comme la caisse, au milieu de la pièce, et quelques fauteuils de chaque côté d'un feu de charbon. La moquette au sol a été achetée d'occasion à bas prix (comme les factures et les créances douteuses). Bref, c'étaient les meubles en acajou des appartements meublés qui se transmettent habituellement d'un occupant des chambres à l'autre pendant cinquante ans de service. Vous connaissez désormais le duo d'antagonistes.

« Durant les trois premiers mois d'une société dissoute quatre mois plus tard dans une bagarre, Cérizet et Claparon achètent pour deux mille francs de billets signés par Maxime (puisque Maxime s'appelle) et remplissent quelques lettres à éclater. avec jugements, appels, ordonnances du tribunal, mandats de saisie, demande de sursis à procédure, et tout le reste ; en bref, ils avaient des billets de trois mille deux cents francs centimes impairs, pour lesquels ils avaient donné cinq cents francs ; le transfert étant effectué sous seing privé, avec procuration spéciale, pour économiser les frais d'enregistrement. Or, à ce moment-là, Maxime, étant d'un grand âge, fut pris d'une de ces fantaisies particulières à l'homme de cinquante ans...

« Antoine ! » s'écria La Palférine . "Cette Antonia à qui j'ai fait fortune en écrivant pour demander une brosse à dents !"

"Son vrai nom est Chocardelle ", a déclaré Malaga, pas très contente du joli pseudonyme.

« La même chose », a poursuivi Desroches .

« C'est la seule erreur que Maxime ait jamais commise dans sa vie. Mais que voudriez-vous, aucun vice n'est absolument parfait ? intervint Bixiou .

« Maxime avait encore à apprendre à quel genre de vie une fille de dix-huit ans peut mener un homme lorsqu'elle veut transporter une tête de son honnête mansarde dans une voiture somptueuse ; c'est une leçon que tous les hommes d'État devraient prendre à cœur. A cette époque, de Marsay venait d'employer son ami, notre ami de Trailles , à la haute comédie politique. Maxime avait regardé haut ses conquêtes ; il n'avait aucune expérience des femmes sans titre ; et à cinquante ans, il sentait qu'il avait le droit de croquer ce qu'on appelle le fruit sauvage, tout comme un chasseur s'arrêterait sous le pommier d'un paysan. Le comte trouva donc un salon de lecture pour Mlle. Chocardelle , un petit endroit plutôt chic où l'on se procure pas cher, comme d'habitude… »

"Caca!" dit Nathan. « Elle n'y est pas restée six mois. Elle était trop belle pour tenir une salle de lecture.

« Peut-être êtes-vous le père de son enfant ? suggéra la lorette.

Desroches reprit.

« Depuis que la maison a racheté les dettes de Maxime, la ressemblance de Cérizet avec un huissier devenait de plus en plus frappante, et un matin, après sept tentatives infructueuses, il réussit à pénétrer auprès du comte. Suzon , le vieux domestique, bien qu'il ne fût pas du tout au noviciat, finit par prendre le visiteur pour un pétitionnaire, venu proposer mille écus si Maxime obtenait une licence de vente de timbres-poste pour une demoiselle. Suzon , sans le moindre soupçon du petit coquin, un pur-sang des rues de Paris auquel la prudence avait été frottée par l'expérience personnelle répétée des tribunaux de police, engagea son maître à le recevoir. Voyez-vous l'homme d'affaires, avec un œil inquiet, un front chauve et à peine des cheveux sur la tête, debout dans sa veste élimée et ses bottes boueuses… »

"Quelle image d'un Dun!" s'écria Lousteau .

« … debout devant le comte, cette image de dette affichant, dans sa robe de chambre de flanelle bleue, ses pantoufles travaillées par quelque marquise ou autre, son pantalon d'étoffe de laine blanche et sa chemise éblouissante ? Il se tenait là, avec une magnifique casquette sur ses cheveux teints en noir, jouant avec les pompons à sa taille… »

« C'est un peu un genre pour qui connaît la jolie petite salle du matin, tendue de soierie et pleine de tableaux précieux, où Maxime prend son petit déjeuner », dit Nathan. « Vous marchez sur un tapis de Smyrne, vous admirez les buffets remplis de curiosités et de raretés à faire envie à un roi de Saxe… »

« Passons maintenant à la scène elle-même », dit Desroches , et le silence le plus profond s'ensuivit.

« « Monsieur le comte, commença Cérizet , je viens d'un certain M. Charles Claparon , qui fut banquier… »

« ' Ah ! pauvre diable, et que me veut-il ?

« - Eh bien, il est actuellement votre créancier pour une somme de trois mille deux cents francs soixante-quinze centimes, principal, intérêts et frais… »

« « Les affaires de Coutelier ? intervint Maxime, qui connaissait ses affaires comme un pilote connaît sa côte.

« – Oui, monsieur le comte, dit Cérizet en s'inclinant. «Je suis venu vous demander vos intentions.»

« Je ne paierai que quand j'en aurai envie », répondit Maxime, et il sonna Suzon . « C'était bien téméraire de la part de Claparon d'acheter mes billets sans m'en parler au préalable. Je suis désolé pour lui, car il a très bien fait pendant si longtemps son rôle d'homme de paille pour mes amis. J'ai toujours dit qu'il fallait vraiment être faible d'esprit pour travailler pour des hommes qui se gavent de millions et pour les servir si fidèlement pour des salaires aussi bas. Et voilà qu'il me donne une autre preuve de sa bêtise ! Oui, les hommes méritent ce qu'ils ont. Que vous ayez une couronne sur le front ou une balle dans la tête, c'est votre faute ; que vous soyez millionnaire ou porteur, justice vous est toujours rendue. Je n'y peux rien, mon cher ami ; Je ne suis pas moi-même un roi, je m'en tiens à mes principes. Je n'ai aucune pitié pour ceux qui me font des dépenses ou ne connaissent pas leur métier de créanciers. — Suzon ! mon thé! Voyez-vous ce monsieur ? » continua-t-il lorsque l'homme entra. « Eh bien, tu t'es laissé tromper, pauvre vieux. Ce monsieur est un créancier ; il fallait le reconnaître à ses bottes. Aucun de mes amis ni mes ennemis, ni ceux qui ne le sont ni qui veulent quelque chose de moi, ne viennent me voir à pied . — Mon cher M. Cérizet , comprenez-vous ? Vous n'essuierez plus vos bottes sur mon tapis » (regardant tout en parlant la boue qui blanchissait les semelles de l'ennemi). "Transmettez mes compliments et ma sympathie à Claparon , pauvre tampon, car je classerai cette affaire sous la lettre Z."

« Tout cela avec une bonne humeur facile à donner la colique à un citoyen vertueux.

« — Vous vous trompez, monsieur le comte, rétorqua Cérizet d'un ton un peu péremptoire. « Nous serons payés intégralement, et cela d'une manière qui ne vous plaira peut-être pas. C'est pourquoi je suis venu vers vous d'abord dans un esprit amical, comme il convient entre messieurs…

"'Oh! alors c'est comme ça que tu le comprends ? commença Maxime, furieux de cette dernière présomption. Il y avait quelque chose de l'esprit de Talleyrand dans cette réplique insolente, si l'on a bien saisi le contraste entre les deux hommes et leurs costumes. Maxime fronça les sourcils et regarda fixement l'intrus ; Cérizet non seulement supporta l'éclat de la fureur froide, mais il le lui rendit même avec une méchanceté glaciale et féline et une fixité du regard.

« Très bien, monsieur, sortez… »

« Très bien, bonjour, monsieur le comte. Nous serons quittes avant six mois.

« – Si vous parvenez à voler le montant de votre facture qui m'est légalement dû, je vous serai redevable, monsieur, répondit Maxime. « Vous m'aurez appris une nouvelle précaution à prendre. Je suis vraiment votre serviteur.

« « Monsieur le comte, dit Cérizet , c'est moi au contraire qui suis à vous. »

« Il y avait là une déclaration explicite, forte et confiante de part et d'autre. Un couple de tigres confabulant, avec la proie devant eux et un combat imminent, n'aurait pas été plus fin ni plus astucieux que ce couple ; le beau gentleman insolent aussi grand coquin que l'autre dans ses vêtements souillés et tachés de boue.

« Sur quoi allez-vous miser votre argent ? » demanda Desroches en regardant autour de lui un auditoire surpris de constater à quel point il était intéressé.

« Une jolie histoire ! » s'écria Málaga. « Mon cher garçon, continue, je t'en supplie. Cela va au cœur.

« Rien de banal ne pourrait arriver entre deux coqs de combat de ce calibre », ajoutait La Palférine .

"Caca!" s'écria Málaga. "Je parierai ma facture d'ébéniste (le type me relance) que le petit crapaud était de trop pour Maxime."

"Je parie sur Maxime", a déclaré Cardot . "Personne ne l'a jamais surpris en train de faire la sieste."

Desroches but un verre que Malaga lui tendit.

«Mlle. Le salon de lecture de Chocardelle , continua-t-il après une pause, était rue Coquenard , à deux pas de la rue Pigalle où habitait Maxime. La dite Mlle. Chocardelle habitait au fond, côté jardin, au-delà d'un grand endroit sombre où étaient conservés les livres. Antonia a laissé sa tante s'occuper des affaires… »

« Avait-elle déjà une tante ? s'écria Malaga. « Arrêtez tout, Maxime a fait les choses magnifiquement. »

"Hélas! c'était une vraie tante, dit Desroches ; « Son nom était… laissez-moi voir… »

« Ida Bonamy », a déclaré Bixiou .

« Ainsi, comme la tante d'Antonia lui déchargeait une grande partie du travail, elle se couchait tard et se couchait tard le matin, ne se montrant au bureau que dans l'après-midi, entre deux et quatre heures . Dès le début, son apparence suffisait à susciter la coutume. Plusieurs vieillards du quartier venaient, parmi eux un carrossier à la retraite, un nommé Croizeau . Apercevant ce miracle de la beauté féminine à travers les vitres, il s'avisa de lire les journaux dans le salon de lecture de la belle ; et un ancien douanier, nommé Denisart , avec un ruban à la boutonnière, suivit l'exemple. Croizeau choisit de considérer Denisart comme un rival. « *Monsieur* , dit-il ensuite, je ne savais pas quoi vous acheter !

« Ce discours devrait vous donner une idée de cet homme. Le sieur Croizeau appartient à une classe particulière de vieillards qu'on devrait appeler les « Coquerels » depuis Henri Monnier ; tant Monnier rendait bien la voix flûtée, les petites manières, la petite file, les petits saupoudrages de poudre, les petits mouvements de tête, les petites manières guindées et la démarche trébuchante du rôle de Coquerel dans *La Famille. Improviser* . Ce Croizeau remettait son sou en grand et en disant : « Voilà, belle dame !

« Madame. La tante Ida Bonamy ne tarda pas à apprendre par une servante que Croizeau , selon le bruit populaire du quartier de la rue de Buffault où il demeurait, était un homme d'une extrême mesquinerie, possédant quarante mille francs de rente. Une semaine après l'installation de la charmante bibliothécaire, il lui fut délivré un jeu de mots :

« « Vous me prêtez des livres, mais je vous donne beaucoup de francs en échange », dit-il.

« Quelques jours plus tard, il prit un petit air complice, allant jusqu'à dire : « Je sais que vous êtes fiancés, mais mon tour viendra un jour ; Je suis veuf.'

« Il venait toujours vêtu de fin lin, d'un habit bleu bleuet, d'un gilet en paduasoy, d'un pantalon noir et de nœuds de ruban noir sur les chaussures à double semelle qui grinçaient comme celles d'un abbé ; il tenait toujours à la main un chapeau de soie de quatorze francs .

« 'Je suis vieux et je n'ai pas d'enfants', profitait-il pour confier à la demoiselle quelques jours après la visite de Cérizet chez Maxime. « J'ai horreur de mes proches. Ce sont des paysans nés pour travailler dans les champs. Imaginez-vous, je suis revenu de la campagne avec six francs en poche et j'ai fait fortune ici. Je ne suis pas fier. Une jolie femme est mon égale. Ne serait-il pas plus agréable d'être Mme. Croizeau pendant quelques années que de faire un plaisir comtal pendant douze mois ? Il s'en ira et vous quittera un jour ou l'autre ; et quand ce jour viendra, vous penserez à moi... votre servante, ma jolie dame !'

« Tout cela couvait sous la surface. La moindre approche pour faire l'amour se faisait en catimini. Personne ne se doutait que le vieux petit gars soigné était épris d'Antonia ; et le vieil amant était si prudent, qu'aucun rival n'aurait pu deviner quoi que ce soit à sa conduite dans la salle de lecture. Pendant quelques mois, Croizeau observa le fonctionnaire des douanes à la retraite ; mais avant la fin du troisième mois , il avait de bonnes raisons de croire que ses soupçons étaient sans fondement. Il s'ingénia à faire connaissance avec Denisart , le rencontra dans la rue et saisit enfin l'occasion pour dire : « Il fait beau, monsieur !

« À quoi le fonctionnaire à la retraite a répondu : « Temps d'Austerlitz, monsieur. J'y étais moi-même, j'étais effectivement blessé, j'ai gagné ma croix en ce jour glorieux.

« Et ainsi , de chose en autre, les deux épaves à la dérive de l'Empire firent connaissance. Le petit Croizeau était attaché à l'Empire par ses liens avec les sœurs de Napoléon. Il avait été leur carrossier et les avait souvent revendiqués pour de l'argent ; il révéla donc qu'il « avait eu des relations avec la famille impériale ». Maxime, dûment informé par Antonia des propositions du « gentil vieillard » (car c'est ainsi que s'appelait la tante Croizeau), souhaitait le voir. La déclaration de guerre de Cérizet avait si bien pris effet que celui au chevreau jaune étudiait la position de chaque pièce, si insignifiante soit-elle, sur l'échiquier ; et il se trouva qu'à l'évocation de ce « gentil vieillard », un tintement menaçant retentit dans ses oreilles. Un soir donc, Maxime s'assit parmi les étagères des bibliothèques de l'arrière-boutique faiblement éclairée, reconnut les sept ou huit clients à travers l' interstice des rideaux verts et prit la mesure du petit carrossier. Il mesura l'engouement de l'homme, et fut très satisfait de constater que les portes vernies d'un avenir assez somptueux étaient prêtes à se fermer au moindre mot d'Antonia dès que son imagination se serait évanouie.

« 'Et cet autre là-bas ?' demanda-t-il en désignant le gros et bel homme âgé, avec la croix de la Légion d'honneur. 'Qui est-il?'

« Un agent des douanes à la retraite. »

« La coupe de sa figure n'est pas rassurante », dit Maxime en apercevant le sieur Denisart .

« Et en effet, le vieux soldat se tenait droit comme un clocher. Sa tête était remarquable par la quantité de poudre et de pommade qui lui était appliquée ; il ressemblait presque à un postillon dans un bal costumé. Sous ce revêtement feutré, moulé jusqu'au sommet du crâne de celui qui le portait, apparaissait un profil âgé, mi-officiel, mi-soldat, avec un mélange comique d' arrogance, — tout à fait quelque chose comme des caricatures du *Constitutionnel* . La constatation parfois officielle que l'âge, la poudre des cheveux et la conformation de sa colonne vertébrale rendaient impossible la lecture d'un mot sans lunettes, exhibant une poitrine très honorable avec toute la fierté d'un vieil homme avec une maîtresse. Comme le vieux général

Montcornet , ce pilier du Vaudeville, il portait des boucles d'oreilles. Denisart avait un faible pour le bleu ; son pantalon ample et sa capote bien usée étaient tous deux de drap bleu.

« 'Depuis combien de temps ce vieux brouillard est-il venu ici ?' demanda Maxime, croyant voir du danger dans les lunettes.

« 'Oh, depuis le début', répondit Antonia, 'il y a presque deux mois maintenant.'

« Bien, se dit Maxime, Cérizet est venu me voir il y a seulement un mois . — Fais-le parler, ajouta-t-il à l'oreille d'Antonia ; «Je veux entendre sa voix.»

« Pshaw, dit-elle, ce n'est pas si facile. Il ne me dit jamais un mot.

« 'Alors pourquoi vient-il ici ?' demanda Maxime.

« Pour une raison étrange », répondit la belle Antonia. « D'abord, bien qu'il ait soixante-neuf ans, il a une fantaisie ; et parce qu'il a soixante-neuf ans, il est aussi méthodique qu'un cadran d'horloge. Tous les jours, à cinq heures, le vieux monsieur va dîner avec *elle* rue de la Victoire. (Je suis désolé pour elle.) Puis à six heures, il vient ici, lit régulièrement les journaux pendant quatre heures et repart à dix heures. Papa Croizeau dit qu'il connaît les motifs de M. Denisart et qu'il approuve sa conduite ; et à sa place, il ferait de même. Je sais donc exactement à quoi m'attendre. Si jamais je suis Mme. Croizeau , j'aurai quatre heures pour moi entre six et dix heures.

« Maxime a parcouru l'annuaire et a trouvé l'élément rassurant suivant :

« *DENISART*, douanier à la retraite, rue de la Victoire.*

« Son malaise a disparu.

« Peu à peu le sieur Denisart et le sieur Croizeau commencèrent à échanger des confidences. Rien ne lie plus deux hommes qu'une similitude de vues sur la femme. Papa Croizeau est allé dîner chez 'M. La belle dame de Denisart , comme il l'appelait. Et ici, je dois faire une observation quelque peu importante.

« La salle de lecture avait été payée moitié en espèces, moitié en billets signés par ladite Mlle. Chocardelles . Le *quart d'heure de Rabelais* arriva ; le comte n'avait pas d'argent. Ainsi la première facture de trois mille francs fut payée par l'aimable carrossier ; ce vieux coquin Denisart lui ayant recommandé de s'assurer d'une hypothèque sur la salle de lecture.

« Pour ma part, dit Denisart , j'ai vu de jolies choses chez de jolies femmes. Alors dans tous les cas, même quand j'ai perdu la tête, je suis toujours sur mes gardes avec une femme. Il y a cette créature, par exemple ; Je suis follement amoureux d'elle ; mais ce ne sont pas ses meubles ; non, ça m'appartient. Le bail est souscrit à mon nom.

« Tu connais Maxime ! Il trouvait le carrossier particulièrement vert. Croizeau pouvait payer les trois factures et ne rien obtenir pendant longtemps ; car Maxime se sentait plus épris que jamais d'Antonia.

«Je peux bien le croire», dit La Palférine . "Elle est la *bella Imperia* de notre époque."

"Avec sa peau rugueuse!" s'écria Malaga ; « si rude, qu'elle se ruine dans des bains de son !

« Croizeau parlait avec une admiration de carrossier des somptueux meubles fournis par l'amoureux Denisart pour écrir sa belle , décrivant tout cela en détail avec une complaisance diabolique au profit d'Antonia », continua Desroches . « Les coffres d'ébène incrustés de nacre et de fil d'or, les tapis de Bruxelles, un lit médiéval valant trois mille francs, une pendule Boule, des candélabres aux quatre coins de la salle à manger, des rideaux de soie, sur lesquels la patience chinoise avait eu raison. des tableaux d'oiseaux ouvrés et des tentures au-dessus des portes valent plus que la portière qui les a ouvertes.

« — Et c'est ce que *vous* devriez avoir, ma jolie dame. — Et c'est ce que je voudrais vous offrir, concluait-il. « Je sais bien que vous ne vous souciez guère de moi ; mais, à mon âge, on ne peut pas trop espérer. Juge combien je t'aime ; Je vous ai prêté mille francs. Je dois avouer que, depuis ma naissance, je n'ai pas prêté *autant à personne* …

« Il tendait son sou tout en parlant, avec l'air important d'un homme qui fait une démonstration savante.

« Ce soir-là, aux Variétés , Antonia parla au Comte.

« – Une salle de lecture, c'est tout de même bien ennuyeux, dit-elle ; « Je sens que je n'ai aucun goût pour ce genre de vie et je n'y vois aucun avenir. Cela ne convient qu'à une veuve qui souhaite garder son corps et son âme ensemble, ou à quelque chose d'une laideur hideuse qui s'imagine pouvoir attraper un mari avec de petits atours.

« C'était votre propre choix », répondit le comte. A ce moment arriva Nucingen , dont Maxime, le roi des lions (les « gants jaunes » étaient les lions de ce temps-là) avait gagné la veille trois mille francs. Nucingen était venu payer sa dette de jeu.

«'Ein bref de saisie haf shoost peen m'a été servi par l'ordre de Dot Teufel Glabaron , dit-il en voyant l'étonnement de Maxime.

« 'Oh, c'est comme ça qu'ils vont fonctionner, n'est-ce pas ?' s'écria Maxime. "Ils ne font pas grand-chose, ces deux-là..."

« Cela ne fait rien, dit le banquier, de les laisser tomber, car ils peuvent s'appliquer eux-mêmes à d'autres . Peside , et vous fait du mal. je m'endors dees bretty voman to vitness dot je haf Je t'attends le matin , longtemps avant ce bref a été servi .'

« Reine des échiquiers, sourit La Palférine en regardant Malaga, tu vas perdre ton pari. »

-- Une fois, il y a longtemps, dans un cas pareil, reprit Desroches , un débiteur trop honnête s'effraya à l'idée d'une déclaration solennelle en justice, et refusa de payer Maxime après mise en demeure. Cette fois-là, nous avons mis la pression sur le créancier en multipliant les saisies-arrêts, afin d'absorber la totalité de la somme en frais…

"Oh, qu'est-ce que c'est?" s'écria Málaga ; « Tout cela me semble du charabia. Comme vous trouviez l'esturgeon si excellent au dîner, permettez-moi de faire valoir la valeur de la sauce dans les leçons de chicane.

«Très bien», dit Desroches . « Supposons qu'un homme vous doive de l'argent et que vos créanciers lui signifient une saisie-arrêt ; rien n'empêche tous vos autres créanciers de faire la même chose. Et maintenant, que fait le tribunal lorsque tous les créanciers demandent l'injonction de payer ? *Le tribunal répartit la totalité de la somme saisie, proportionnellement entre tous*. Ce partage, fait sous l'oeil d'un magistrat, est ce qu'on appelle une *contribution* . Si vous devez dix mille francs, et que vos créanciers émettent des saisies sur une dette de mille francs qui vous est due, chacun d'eux reçoit tel pour cent, « tant en livre », en termes juridiques ; autant (c'est-à-dire) proportionnellement aux sommes réclamées individuellement par les créanciers. Mais... les créanciers ne peuvent toucher à l'argent sans un ordre spécial du greffier du tribunal. Devinez-vous ce que signifie tout ce travail rédigé par un juge et préparé par des avocats ? Cela signifie une quantité de papier timbré plein de lignes et de blancs diffus, les figures presque perdues dans de vastes espaces de colonnes réglées complètement vides. La première procédure consiste à déduire les frais. Or, comme les frais sont exactement les mêmes, que le montant saisi soit de mille ou d'un million de francs, il n'est pas difficile d'engloutir trois mille francs (par exemple) de frais, surtout si l'on parvient à opposer des contre-requêtes.»

"Et un avocat y parvient toujours", a déclaré Cardot . « Combien de fois l'un d'entre vous est venu me demander : « Qu'est-ce qu'il y a à tirer de cette affaire ? » »

« Il est particulièrement facile de gérer cela si le débiteur vous incite à accumuler des dépenses jusqu'à ce qu'il engloutisse le montant. Et, en règle générale, les créanciers du comte ne prenaient rien de cette démarche et devaient payer de leur poche les frais juridiques et les dépenses personnelles. Pour soutirer de l'argent à un débiteur aussi expérimenté que le comte, il faudrait en réalité qu'un créancier se trouve dans une situation particulièrement difficile à atteindre ; il s'agit d'être à la fois créancier et débiteur, car alors vous avez légalement le droit d'opérer la confusion des droits, en langage juridique… »

« À la confusion du débiteur ? demanda Malaga en prêtant une oreille attentive à ce discours.

« Non, la confusion des droits du débiteur et du créancier, et payez-vous de vos propres mains. Ainsi, l'innocence de Claparon en se contentant de délivrer des actes de saisie apaisa l'esprit du comte. En revenant des Variétés avec Antonia, il était d'autant plus pris à l'idée de vendre la salle de lecture pour payer les derniers deux mille francs de l'argent de l'achat, qu'il ne se souciait pas de se faire connaître. public en tant que partenaire d'une telle entreprise. Il adopta donc le plan d'Antonia. Antonia voulait atteindre les rangs les plus élevés de sa vocation, avec des chambres splendides, une femme de chambre et une voiture ; enfin, elle voulait rivaliser avec notre charmante hôtesse, par exemple...

« Elle n'était pas assez femme pour cela », s'écria la célèbre beauté du Cirque ; pourtant elle a bien ruiné le jeune d'Esgrignon .

-- Dix jours après, le petit Croizeau , juché sur sa dignité, disait à peu près la même chose, à l'intention de la belle Antonia, continua Desroches .

« Mon enfant, dit-il, ta salle de lecture est un véritable trou. Vous perdrez votre teint ; le gaz ruinera votre vue. Vous devriez en sortir ; et, regardez ici, profitons d'une opportunité. J'ai trouvé pour vous une demoiselle qui ne demande pas mieux que d'acheter votre salon de lecture. C'est une femme ruinée qui n'a devant elle qu'un plongeon dans la rivière ; mais elle avait quatre mille francs en espèces, et le mieux est de les mettre à profit pour nourrir et éduquer quelques enfants.

'"Très bien. C'est gentil de ta part, papa Croizeau , dit Antonia.

« 'Oh, je serai beaucoup plus gentil avant d'avoir fini. Imaginez-vous, le pauvre M. Denisart s'est inquiété de la jaunisse ! Oui, il est allé jusqu'au foie, comme c'est habituellement le cas chez les vieillards sensibles. C'est dommage qu'il ressente les choses ainsi. Je le lui ai dit moi-même ; J'ai dit : « Soyez passionné, il n'y a pas de mal à cela, mais quant à prendre les choses à cœur, fixez une limite ! C'est le moyen de se suicider. » — En réalité, je ne m'attendais pas à ce qu'il s'en prenne ainsi à ce sujet ; un homme qui a assez de bon sens et assez d'expérience pour rester à l'écart comme il le fait pendant qu'il digère son dîner... »

« Mais qu'est-ce qu'il y a ? » demanda Mlle. Chocardelles .

« Ce petit bagage avec lequel j'ai dîné est parti et l'a quitté ! ... Oui. Je lui ai donné le bordereau sans autre avertissement qu'une lettre dans laquelle l'orthographe était à chercher.

« – Voilà, papa Croizeau , tu vois ce qu'il y a à ennuyer une femme… »

« C'est bien une leçon, ma jolie dame, dit le rusé Croizeau . « En attendant, je n'ai jamais vu un homme dans un tel état. Notre ami Denisart ne sait pas distinguer sa main gauche de sa droite ; il ne retournera pas voir la « scène de son bonheur », comme il l'appelle. Il a tellement perdu la tête qu'il me propose d'acheter tous les meubles d'Hortense (Hortense était son nom) pour quatre mille francs.

« 'Un joli nom', dit Antonia.

"'Oui. La belle-fille de Napoléon s'appelait Hortense. Je lui ai construit des voitures, comme vous le savez.

« Très bien, je verrai », dit la rusée Antonia ; 'commence par m'envoyer cette jeune femme.'

« Antonia s'est dépêchée de voir les meubles et est revenue fascinée. Elle entraîne Maxime sous le charme de l'enthousiasme des antiquaires. Le soir même, le comte accepta la vente de la salle de lecture. L'établissement, voyez-vous, appartenait nominalement à Mlle. Chocardelles . Maxime éclata de rire à l'idée que le petit Croizeau lui trouve un acheteur. La maison Maxime et Chocardelle perdait deux mille francs, il est vrai, mais qu'était-ce que cette perte auprès de quatre glorieux billets de mille francs en main ? « Quatre mille francs en pièces vives !... il y a des moments dans la vie où l'on signerait des billets de huit mille francs pour les avoir », me disait le comte.

« Deux jours après, le comte dut voir lui-même les meubles et prit sur lui les quatre mille francs. La vente était arrangée ; grâce à l'application du petit Croizeau , il fit avancer les choses ; il avait « rejoint » la veuve, comme il disait. L'intention de Maxime était de faire transporter immédiatement tous les meubles vers un logement dans une nouvelle maison de la rue Tronchet , prise au nom de Mme. Ida Bonamy ; il ne s'inquiétait pas beaucoup du gentil vieux qui allait perdre ses mille francs. Mais il avait fait venir au préalable plusieurs gros fourgons de meubles.

« Une fois de plus, il fut fasciné par les beaux meubles qu'un grossiste eût évalués à six mille francs. Au coin du feu était assis le malheureux propriétaire, jauni de jaunisse, la tête attachée dans deux mouchoirs imprimés et un bonnet de nuit en coton par-dessus ; il était entassé dans des draps comme un lustre, épuisé, incapable de parler, et tellement mis en pièces que le comte était obligé de régler ses affaires avec le domestique. Lorsqu'il eut payé les quatre mille francs et que le domestique eut porté l'argent à son maître contre quittance, Maxime se tourna pour dire à l'homme d'appeler les camions à la porte ; mais tandis qu'il parlait, une voix semblable à un hochet résonnait à ses oreilles.

« – Cela n'en vaut pas la peine , monsieur le comte. Toi et moi sommes quittes ; J'ai six cent trente francs quinze centimes à vous donner !

« À sa grande consternation, il vit Cérizet , sorti de ses emballages comme un papillon de la chrysalide, lui tendant le maudit paquet de documents.

« "Quand j'ai eu des difficultés, j'ai appris à jouer sur scène", ajoute Cérizet . « Je suis aussi bon que Bouffe avec les vieillards.

« Je suis tombé parmi des voleurs ! » cria Maxime.

« Non, monsieur le comte, vous êtes chez Mlle. La maison d'Hortense. C'est une amie du vieux Lord Dudley ; il la garde cachée ici ; mais elle a le mauvais goût d'aimer votre humble servante.

« Si jamais j'ai eu envie de tuer un homme, me dit ensuite le comte, c'était à ce moment-là ; mais que faire ? Hortense montrait son joli minois, il fallait rire. Pour garder ma dignité, je lui ai jeté les six cents francs. « Voilà pour la fille », dis-je.

«C'est Maxime partout!» s'écria La Palférine .

— D'autant plus que c'était l'argent du petit Croizeau , ajouta Cardot le profond.

« Maxime a remporté un triomphe, continuait Desroches , car Hortense s'écria : « Oh ! si j'avais su que c'était toi ! »

« Une jolie « confusion » en effet ! mis à Malaga. « Vous avez perdu, milord, ajouta-t-elle en se tournant vers le notaire.

Et c'est ainsi que fut payé l'ébéniste, à qui Malaga devait cent écus.

PARIS, 1845.

ADDENDA
Les personnages suivants
apparaissent dans d'autres

récits de la Comédie Humaine.

Scènes de la vie d'une courtisane

La Firme de Nucingen

Les classes moyennes

Dudley, Seigneur

Le muguet

Les Treize

Une autre étude sur la femme

Une fille d'Eve

Esgrignon , Victurnien , Comte (puis Marquis d')

Jalousie d'une ville de campagne

Lettres de deux mariées

Les secrets d'une princesse

Cousine Betty

Estourny , Charles d'

Modeste Mignon

Scènes de la vie d'une courtisane

Hortense

Le député d' Arcis

La Palférine , comte de

Un prince de Bohême

Cousine Betty

Béatrix

La maîtresse imaginaire

Lousteau , Etienne

Un distingué provincial à Paris

Un établissement de licence

Scènes de la vie d'une courtisane

Une fille d'Eve

Béatrix

La Muse du Département

Cousine Betty

Un prince de Bohême

Les classes moyennes

Les humoristes inconscients

Montcornet , Maréchal, Comte de

Paix domestique

Illusions perdues

Un distingué provincial à Paris

Scènes de la vie d'une courtisane

La paysannerie

Cousine Betty

Nathan, Raoul

Illusions perdues

Un distingué provincial à Paris

Scènes de la vie d'une courtisane

Les secrets d'une princesse

Une fille d'Eve

Lettres de deux mariées

Le côté sordide de l'histoire

La Muse du Département

Cousine Betty

Béatrix

Les humoristes inconscients

   Turquet , Marguerite.

La maîtresse imaginaire

La Muse du Département

Cousine Betty